Rose
au pays des ballets

Merci à Linda Chapman

Cet ouvrage a initialement paru en langue anglaise
chez HarperCollins Children's Books sous le titre :
Rosa and the Secret Princess

Illustrations de Nellie Ryan

Adapté de l'anglais par Natacha Godeau

Colorisation des illustrations et conception graphique :
Lorette Mayon

Hachette Livre, 58, rue Jean Bleuzen, 92178 Vanves Cedex.

Darcey Bussell

Rose au pays des ballets

hachette
JEUNESSE

Elle adore la danse classique. D'ailleurs, elle est très douée. Elle rêve d'entrer plus tard à l'Opéra, comme sa mère. Un jour, Daphné, une ancienne élève de sa classe, lui offre une paire de chaussons magiques. Ils ont le pouvoir de la transporter à Enchantia, le pays des ballets ! À elle maintenant de protéger les habitants du royaume enchanté…

À l'école de danse

Le *Cours de Danse de Madame Zarakova* est une école extraordinaire. Rose s'en rend vite compte !

Madame Zarakova, qu'on appelle Madame Zaza, est mystérieuse, et connaît de fabuleux secrets !

Pénélope et Lily sont dans la même classe de danse que Rose. Elles adorent prendre leurs cours ensemble !

Olivia est la meilleure amie de Rose, depuis les grandes vacances. Mais elle ne sait rien d'Enchantia…

Enchantia
Le palais royal
Chez la Fée Dragée
La vallée des friandises
Le village
THEATRE
Le grand théâtre

Chez la Méchante Fée
Vers le château du Prince Charmant
Le manoir de Cendrillon
lac des cygnes
forêt enchantée
L'île interdite
Le château du Roi Souris
Le lac ensorcelé

Les habitants d'Enchantia

Le Roi Tristan, son épouse la Reine Isabella et leur fille la belle Princesse Aurélia vivent au palais royal, un magnifique château de marbre blanc.

La Fée Cannelle veille avec Rose sur Enchantia. C'est la sœur de la Fée Dragée, et ses pouvoirs magiques sont fabuleux !

Le Roi Souris habite un sombre château avec sa cruelle armée. Il n'a qu'un rêve : chasser le bonheur d'Enchantia.

La Méchante Fée vit dans un affreux château fort. Elle voudrait devenir la Reine d'Enchantia !

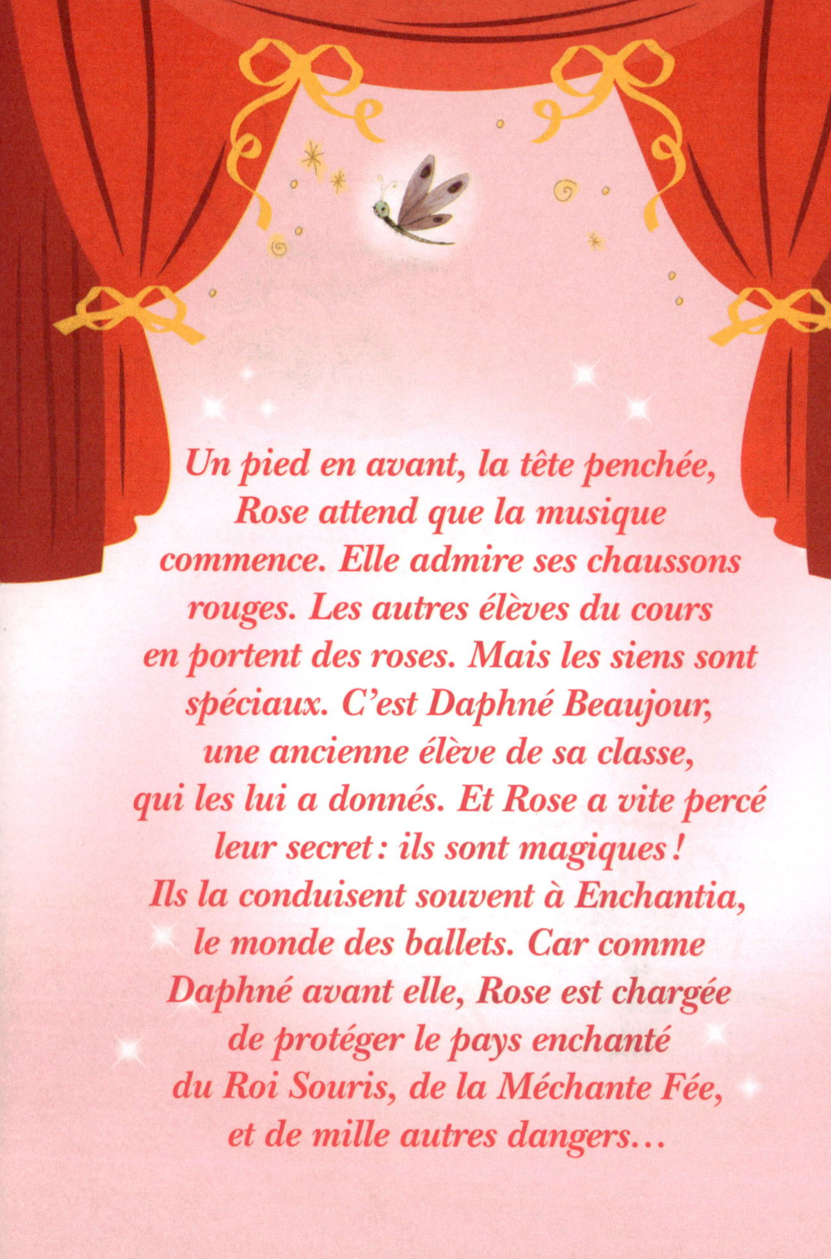

Un pied en avant, la tête penchée, Rose attend que la musique commence. Elle admire ses chaussons rouges. Les autres élèves du cours en portent des roses. Mais les siens sont spéciaux. C'est Daphné Beaujour, une ancienne élève de sa classe, qui les lui a donnés. Et Rose a vite percé leur secret : ils sont magiques ! Ils la conduisent souvent à Enchantia, le monde des ballets. Car comme Daphné avant elle, Rose est chargée de protéger le pays enchanté du Roi Souris, de la Méchante Fée, et de mille autres dangers…

1. Une nouvelle amie

Vite, Rose grimpe les deux marches du perron. Il est encore tôt, mais elle préfère arriver en avance au cours de danse. Comme ça, elle peut s'échauffer tranquillement. Mais la fillette est surtout impatiente de prendre sa

première leçon de la rentrée !

« Toutes les vacances sans venir ici, c'était long ! » pense-t-elle en allant se changer aux vestiaires.

Pourtant, cet été, elle s'est bien amusée. Elle a même rencontré Olivia, sa nouvelle amie. En plus, Olivia est inscrite à l'école de Madame Zaza, elle aussi... Et elle commence aujourd'hui ! Rose lui a donné rendez-vous avant les cours, pour lui faire visiter les salles. Elle a hâte de tout lui montrer !

« Cette année, ça va être très différent ! » se dit Rose en enfilant son collant.

Plusieurs élèves sont passées dans la classe supérieure, et peuvent enfin danser sur les *pointes*.

Rose soupire. Daphné Beaujour va lui manquer. Elles s'entendaient plutôt bien, toutes les deux. D'ailleurs, Daphné lui a offert ses vieux chaussons rouges. Ils sont très usés, mais ils ont quelque chose de spécial… même si Rose ne sait pas quoi exactement !

En nouant les rubans autour de ses chevilles, elle se rappelle le conseil bizarre de Daphné : « Méfie-toi du Roi Souris ! »

Qu'est-ce que ça peut bien vouloir dire ?

« De toute façon, je m'en fiche ! pense encore Rose, debout devant le miroir. Ils me vont par-

faitement, ces chaussons, et je les adore ! »

Elle attache ses longs cheveux blonds en chignon. Puis elle file s'échauffer dans la salle de danse. Les exercices *à la barre* ne l'ennuient jamais. Ils sont répétitifs, mais Rose ne s'en lasse pas. La danse, c'est sa vraie passion ! Plus tard, elle espère devenir Première Ballerine à l'Opéra, comme sa mère avant. Elle est en fauteuil roulant, maintenant. À cause d'un terrible accident de voiture. Mais elle continue à aimer la danse. Et chaque soir, elle aide Rose à répéter.

La fillette est si heureuse d'être de retour à l'école de Madame Zaza qu'elle ne voit pas le temps

passer. En regardant la pendule, au-dessus de la porte, elle réalise soudain qu'elle s'entraîne depuis plus d'une demi-heure !

— Oh là là ! Olivia doit m'attendre aux vestiaires !

Rose y retourne en courant. Elle s'inquiète pour son amie. Elle doit se sentir bien seule, sans personne pour l'accueillir... Mais Rose se trompe complètement !

Olivia est en train de rire avec deux autres élèves de la classe. Pénélope et Lily ! Pénélope lui fait même son chignon, lissant ses beaux cheveux châtains avec soin.

— Coucou, Rose ! dit joyeusement Olivia.

Rose fronce les sourcils. On dirait que son amie n'a pas trop besoin d'elle…

— Je suis désolée, Olivia. J'ai laissé passer l'heure.

— Ce n'est pas grave. Tu vois, j'ai déjà deux nouvelles amies. Elles m'ont même fait visiter l'école !

Lily sourit. Elle ajoute :

— Tu n'as plus qu'à rencontrer Madame Zaza. Tu verras, c'est une super prof !

Rose ne sait plus quoi penser. Elle est vexée d'avoir été remplacée si facilement !

— C'est *moi*, qui devais te montrer l'école ! s'exclame-t-elle avec colère.

Olivia est étonnée que son amie réagisse comme ça !

— Mais tu n'étais pas là, Rose…

Si tu veux, on peut tout revisiter ensemble après la leçon ?

— À quoi ça servirait ? C'est trop tard, maintenant !

Et Rose sort sans se retourner.

2. Premier voyage

Rose est dans la salle de danse. Elle a honte. Elle n'aurait jamais dû crier après Olivia. Son amie n'a rien fait de mal...

— Il faut que je lui demande pardon, décide la fillette.

Sa mère lui répète souvent

qu'elle doit apprendre à se contrôler. « Tu t'emportes trop vite, Rose. Cela te jouera des tours. Réfléchis avant d'agir ! » Mais les mots sortent tout seuls de sa bouche. Comme quand les autres, dans son ancienne école, se moquaient de sa mère en fauteuil roulant et qu'elle voulait la défendre...

Quelques minutes plus tard, les élèves arrivent dans la salle de danse. Olivia jette un regard triste à Rose qui vient vers elle pour s'excuser, lorsque Madame Zaza entre à son tour. Sa jupe fouette ses mollets et ses bracelets cliquettent à ses poignets.

Son visage est un peu ridé, mais ses yeux brillent. Comme d'habitude, elle porte son chignon bas sur la nuque. Elle réclame le silence en tapant dans ses mains. Tant pis, Rose attendra la fin de la leçon pour parler à Olivia…

— Exercices à la barre, mesdemoiselles ! Placez-vous toutes en Première Position, je vous prie !

Son accent russe lui donne l'air autoritaire. Dans la classe, on lui obéit au doigt et à l'œil ! Après les étirements, les ballerines travaillent au centre de la pièce. Puis Madame Zaza leur annonce qu'elles vont étudier une chorégraphie tirée du *Lac des Cygnes*, de Tchaïkovski.

« Youpi ! » se réjouit Rose.

Sa mère dansait ce ballet, à l'Opéra. Elle l'adore ! Le professeur sourit.

— Nous allons répéter la danse

des *Petits Cygnes*. Le passage se situe quand la princesse transformée en cygne par le sorcier se pose sur le lac avec ses compagnes. Rose, tu vas interpréter le rôle de la princesse.

— Moi ?!

La petite fille ose à peine y croire. Elle écoute les instructions de Madame Zaza avec attention. Un pas d'un côté, de l'autre, pirouette au milieu des élèves qui jouent les petits cygnes. Elles avancent vers elle, retournent en arrière puis reviennent comme une vague.

— Essayons en musique, ordonne Madame Zaza.

Elle enclenche le CD. Rose s'applique. Mais elle trébuche et marche sur le pied d'Olivia, qui bouscule Lily en tombant.

Rose veut souffler « désolée » à Olivia, mais celle-ci se détourne.

Rose a peur. Et si elle la soupçonnait de l'avoir fait exprès ? Oh là là ! Rose a vraiment hâte de lui parler ! Cependant, après la leçon, Madame Zaza la retient en classe.

— Rose, je peux te voir un instant ? Alors, c'est toi qui as les chaussons rouges ?

— Oui, Daphné me les a donnés cet été. Ils ne lui vont plus.

— Parfait ! Sais-tu qu'ils m'appartenaient, avant ?

Rose secoue la tête, stupéfaite.

— Tu découvriras bientôt que ce ne sont pas des chaussons ordinaires, ajoute Madame Zaza, mystérieuse. Maintenant, tu peux aller te changer !

Rose court aux vestiaires. Elle aurait voulu interroger son professeur sur les vieux chaussons.

Mais elle veut d'abord s'expliquer avec Olivia… Sauf que tout le monde est déjà parti !

« Je lui téléphonerai à la maison », décide Rose en s'asseyant sur le banc.

Elle se penche pour dénouer les lacets de ses chaussons, qui scintillent soudain comme des rubis !

— Qu'est-ce qui se passe ? !

Quelques notes de musique résonnent dans la pièce. Ses orteils la picotent. Un frisson remonte le long de ses mollets. Et les chaussons se mettent à danser ! Ils entraînent la fillette

qui pirouette dans les airs. Elle tourne vite, tout devient flou autour d'elle. Une brume multicolore tourbillonne et…

3. La Fée Cannelle

Pof! Rose atterrit au milieu d'une forêt. Elle n'y comprend rien. À moins que…

« Ce sont les chaussons ! Ils sont magiques ! »

Ça paraît fou, mais c'est la seule explication ! Voilà pourquoi

Daphné et Madame Zaza en parlaient d'un air mystérieux...

— Oh là là ! bredouille Rose.

Son cœur bat à cent à l'heure ! Elle aperçoit un lac, derrière les arbres. Un cygne majestueux y nage ! Un peu plus loin, au pied de la montagne, elle remarque aussi un immense château. Rose frissonne. Il est effrayant, avec ses hautes tours sombres !

Elle décide d'aller vers le lac. Elle traverse les fourrés, quand

un éclair se met à valser dans le feuillage, tout autour d'elle ! Il scintille de branche en branche, devient de plus en plus grand et...

— Une fée ! s'écrie la fillette devant les ailes transparentes et la baguette en argent de la délicate jeune fille qui vient d'apparaître.

La fée porte un tutu rose et brun, avec un body assorti brodé de sequins. Un diadème retient ses cheveux châtains. Ses yeux noisette luisent de malice. Elle regarde les chaussons rouges de Rose et applaudit :

— Ah, te voilà enfin ! Ma grande sœur, la Fée Dragée, m'a dit que tu viendrais nous aider !

— Mais qui es-tu ? Où je suis ?

— À Enchantia, le royaume des ballets ! Je suis la Fée Cannelle. Si on t'a confié les chaussons magi-

ques, c'est que tu aimes beaucoup la danse. Ils ont le pouvoir de te conduire ici chaque fois qu'il y a un problème à régler !

— Et je pourrai rentrer chez moi, après ?

— Bien sûr. Le temps ne s'écoule pas de la même façon, dans ton monde. Tu rentreras au moment pile où tu es partie. Personne ne s'apercevra de ton absence.

Ouf ! Rose est rassurée. Sa mère se serait tellement inquiétée !

— Comment t'appelles-tu ? lui demande la fée.

— Rose Jolibois.

— Bienvenue à Enchantia, Rose ! On a tous besoin de toi, tu sais. Le Roi Souris a encore inventé une nouvelle méchanceté.

— Le Roi Souris ! répète la fillette.

Elle sait enfin pourquoi Daphné lui a recommandé de se méfier de lui. Elle a dû l'affronter souvent !

— Il est vraiment horrible, continue Fée Cannelle. Il déteste la danse et veut à tout prix chasser le bonheur de notre royaume. Cette fois, il a enlevé la belle Princesse Odette !

4. La princesse ensorcelée

Rose commence à avoir très peur.

— Le Roi Souris enlève les gens ?

— Oh oui, très souvent, répond la Fée Cannelle. Il est sans pitié ! La Princesse Odette est la nièce

du Roi Tristan et de la Reine Isabella. Elle venait leur tenir compagnie au palais royal, en l'absence de leur fille, la Princesse Aurélia. Et bien sûr, le bal qui devait être donné en son honneur est annulé !

Rose hoche la tête. C'est logique, le Roi Souris a bien réussi son coup !

— Plus personne n'aura le cœur à s'amuser tant qu'elle ne sera pas libérée, remarque-t-elle. Où est-elle emprisonnée ?

La Fée Cannelle pointe le sombre château du doigt.

— Ici, au château du Roi Sou-

ris ! Ce monstre l'a ensorcelée : elle se transforme en cygne le jour, comme dans le ballet.

— Et c'est elle, là-bas, sur le lac ?

— Exactement. On a de la chance qu'elle soit là. Fée Dragée

m'a chargée de veiller sur elle. Ce serait encore plus terrible si le Roi Souris l'envoyait ailleurs sans qu'on le sache, tu comprends !

Un détail étonne cependant la fillette...

— Pourquoi la princesse ne s'envole pas ? Moi, à sa place, je me sauverais !

— Cela fait partie du sortilège, soupire la fée. Quand elle est un cygne, elle ne sait plus du tout qui elle est. Au coucher du soleil, elle regagne sa chambre, tout en haut de la tour. Elle passe par la fenêtre, puis elle redevient une jeune fille jusqu'au lendemain matin. Mais elle est enfermée à clef et, sans ses ailes, elle ne peut plus partir par la fenêtre…

— La pauvre, c'est vraiment affreux !

La fée pousse un autre soupir.

— Il suffirait que la princesse quitte les terres du Roi Souris

pour que le sortilège soit annulé. Mais personne à Enchantia n'a trouvé le moyen de la délivrer. On ne peut même pas traverser le lac : il est ensorcelé, lui aussi !

Rose réfléchit.

— Tu pourrais utiliser ta magie pour ouvrir la porte de la tour, Fée Cannelle ?

— Malheureusement non ! Les pouvoirs du Roi Souris sont trop puissants pour moi. Passé la forêt, ma magie n'agit plus.

Les yeux de la fée s'emplissent de larmes.

— Oh, Rose, il faut absolument que tu nous aides !

La fillette est embêtée. Elle ne se sent pas capable d'affronter le Roi Souris. Mais elle ne peut pas non plus abandonner la Princesse Odette…

— On doit se faufiler à l'intérieur du château, se cacher dans

un couloir et ouvrir la porte à la princesse dès son retour ! propose-t-elle.

— Mais les soldats du Roi Souris gardent l'entrée, dit la fée. Et ils sont féroces, eux aussi !

À cet instant, la patrouille armée arrive à la grande porte en bois. Rose est surprise de voir des souris géantes qui marchent debout, avec de longues épées à la ceinture. Deux d'entre elles sont en train de se plaindre :

— J'en ai plein les pattes ! Si on se reposait dans la cour ?

— Bonne idée, le Roi n'est pas encore rentré ! Mais le Sergent ?

— Rien à craindre ! Il s'empiffre à la cuisine !

La troupe s'éloigne. Rose fait un clin d'œil à la Fée Cannelle.

— Quelle chance ! Profitons-en pour entrer discrètement !

Et la fillette court en direction du château !

— Arrête, c'est trop dangereux, les gardes pourraient revenir ! lui crie la fée.

— Dépêche-toi alors !

— Non, Rose ! Il vaut mieux rester près du lac et chercher un plan plus sûr.

« Tant pis, j'y vais quand même ! » s'entête la fillette.

5. En prison !

Sans bruit, Rose approche du château. Les fenêtres sont bien trop hautes ! Et toutes les portes sont fermées... Soudain, une voix sévère retentit :

— Bande de fainéants ! Le Roi Souris vous jetterait au cachot,

s'il était là ! Levez-vous et reprenez votre ronde... Et plus vite que ça !

Rose sursaute. Les gardes ! Ils reviennent avec leur chef, le Sergent ! Elle entend leurs bottes marteler le sol... Elle cherche une cachette autour d'elle et aperçoit un énorme pot de fleurs vide. Elle plonge tête la première à l'intérieur. Il y a de la terre séchée, au fond. Elle se pince le nez pour s'empêcher d'éternuer !

Mais les soldats sont juste devant le pot de fleurs, lorsque...

ATCHOUM !

— Qui est là ? rugit le Sergent.

Gardes, un espion se cache par ici ! Trouvez-le !

Rose se recroqueville. Son cœur bat à toute vitesse.

« Non ! Ne regardez pas dans le pot ! »

Mais au même moment, un long museau pointu apparaît au-dessus de sa tête !

— Sergent ! L'espion est dans le pot de fleurs !

Le soldat le renverse d'un coup de talon. Rose se redresse, pleine de poussière. Elle est terrifiée !

— Qui es-tu ? demande le Sergent.

— Per... personne, bégaie-t-elle.

— Je parie qu'elle vient libérer cette idiote de princesse !

— Vous avez raison, Soldat Gruyère. Emprisonnons l'espionne au donjon !

Rose panique, elle se débat. Mais le Sergent la menace de son épée. Alors, elle ravale ses sanglots et se laisse conduire tout en haut du donjon…

— Entre là-dedans ! ordonne le Sergent en ouvrant une lourde porte de bois.

Il pousse Rose dans le cachot obscur. Elle trébuche et tombe par terre.

— Le Roi Souris décidera de ton sort ! hurle le Sergent avant de claquer la porte.

Cliquetis-clic… il tire le verrou.

— Soldats Gruyère et Moustache, je vous confie la prisonnière ! ajoute-t-il en redescendant l'escalier de pierre du donjon.

Dans sa minuscule cellule, Rose frissonne.

— Comment est-ce que j'ai pu être aussi bête ? Le Roi Souris va me jeter un sort, c'est sûr… Et la Fée Cannelle ? Qu'est-ce qu'elle va devenir ?

Rose a tellement de remords ! Une fois encore, elle a agi sans réfléchir…

Elle fixe ses chaussons rouges. Peut-être qu'ils vont se mettre à

briller et l'emporter loin de sa prison ? Mais rien ne se passe.

« Puisque la magie ne peut pas me délivrer, je me débrouillerai seule ! » décide tout à coup Rose. Pas question de laisser ces horribles souris gagner la partie ! Elle reprend courage. D'ailleurs, Rose a enfin un plan… Elle tambourine à la porte.

— Ouvrez ! Je suis malade ! J'ai besoin d'air frais, ou je vais vomir *partout* !

— Beurk ! s'exclame un soldat. C'est nous qui devrons nettoyer !

— Laissons-la sortir une minute !

Rose se recroqueville derrière la porte quand les gardes viennent la chercher.

— Où tu es, sale petite espionne ? Sors vite prendre l'air !

— Avec plaisir ! s'écrie la fillette en bondissant dans leur dos.

Les souris sursautent. Rose profite de l'effet de surprise pour

pousser le Soldat Gruyère contre le Soldat Moustache, et tous deux perdent l'équilibre. Ils roulent l'un sur l'autre en gémissant. Rose les enjambe d'un *pas de chat* habile. Puis elle fonce dans le couloir, ferme la porte et tire le verrou !

— Hourra ! Je suis libre !

Elle court dans l'escalier et arrive dans le hall du donjon. Mais soudain, la porte principale s'ouvre juste devant elle ! Rose se blottit rapidement derrière un grand coffre en chêne. Une grosse voix retentit :

— Vous avez arrêté une fillette

qui porte les chaussons magiques ?

— Oui, Votre Majesté ! répond le Sergent. Et ce n'est pas Daphné !

« Le Roi Souris ! » devine Rose.

Il a de petits yeux rouges, le pelage luisant, des moustaches gluantes et des dents acérées. Sa longue cape écarlate et sa couronne d'or lui donnent l'air encore plus cruel ! Rose s'affole.

« Il va monter à la prison ! Et comme je ne suis pas là-bas, il va lancer toute son armée à ma poursuite! »

6. Le plan de sauvetage

Rose remarque que le coffre en chêne est posé à l'entrée d'un couloir étroit.

« Un couloir, ça mène toujours quelque part ! » décide-t-elle.

Et elle avance dans le noir. Elle arrive devant une autre petite

porte en bois. Et la clef est dans la serrure !

Rose tourne la clef. Quelle chance ! La porte ouvre directement dehors ! Sans perdre une seconde, la fillette court vers la forêt. Dans son dos, elle entend le Roi Souris hurler après les deux soldats Gruyère et Moustache qui l'ont laissée filer.

Rose se dépêche. Dès qu'elle atteint la forêt, la Fée Cannelle apparaît !

— Oh, Rose, j'ai eu si peur quand les gardes t'ont capturée !

— Je suis désolée, je croyais bien faire.

— Mais tu as été très courageuse…

— J'ai plutôt été idiote. Maintenant, l'armée me poursuit !

— Alors sauvons-nous !

La fée lui prend la main. Elle secoue sa baguette magique. Un nuage de poussière d'étoile les

enveloppe. Rose se sent propulsée dans les airs ! Elle pirouette avec la Fée Cannelle et… *Pof !* Elles atterrissent dans une clairière, au plus profond des bois.

— Même les souris ne s'aventureront pas si loin, assure Fée Cannelle.

— Puisqu'on est en sécurité, préparons un vrai plan pour libérer la Princesse Odette ! s'écrie Rose. Regarde : j'ai la clef de la petite porte, derrière le château. Avec elle, on peut entrer et sortir comme on veut !

La fée hoche la tête. Rose continue :

— Au coucher du soleil, tu montes dans la tour rejoindre la princesse. Puis vous vous échappez ensemble par la petite porte. Pendant ce temps, moi, je détourne l'attention des gardes s'ils reviennent trop tôt…

— Bonne idée, mais comment ?

— Je ne sais pas trop…

La Fée Cannelle plisse le nez. Elle réfléchit. Et voici qu'elle se met à danser un passage du *Lac des Cygnes* ! Elle saute, tourbillonne et…

— Ça y est, je sais ! Je vais te transformer en fausse Princesse

Odette et t'apprendre sa danse. Comme ça, si jamais les gardes arrivent, en t'apercevant, ils penseront que la princesse s'est évadée et ils abandonneront leur

poste pour t'attraper ! Mais c'est quand même très dangereux…

— Je m'en fiche ! s'exclame Rose.

— Tu devras les retenir jusqu'à ce que je revienne dans la forêt avec la princesse. Là, j'utiliserai ma magie pour nous transporter jusqu'au palais royal.

— Montre-moi vite les pas du cygne blanc !

La Fée Cannelle agite sa baguette. Une douce mélodie s'élève.

— Fais comme moi, Rose !

Elle s'élance. Trois petits pas en avant, puis triple pirouette

un bras au-dessus de la tête. Elle virevolte en cercle et s'immobilise enfin sur une *arabesque* parfaite. Rose la copie de son mieux. Tant pis si elle ne danse pas aussi

bien que son amie, elle se laisse emporter par la musique… C'est merveilleux !

— Tu as beaucoup de talent ! la félicite Fée Cannelle.

— Oh, merci !

Le compliment de la fée lui redonne confiance en elle. Elle ajoute :

— Il est tard, les soldats ont dû abandonner les recherches. Retournons chez le Roi Souris !

7. Au palais royal

Le soleil se couche. Cachées derrière les buissons, Rose et la Fée Cannelle observent la haute tour du château du Roi Souris. Soudain, le cygne s'envole du lac ensorcelé. Il entre dans la chambre et, quelques secondes après,

une magnifique jeune fille apparaît à la fenêtre. Elle porte une superbe robe blanche, de longs

cheveux dorés. Et elle a l'air horriblement triste !

— C'est la Princesse Odette ! murmure la fée. Il est l'heure de mettre notre plan à exécution !

Elle brandit sa baguette et virevolte autour de Rose. Un éclair d'argent illumine la fillette, qui se retrouve vêtue d'une robe blanche. Ses cheveux ont de nouveaux reflets dorés. La Fée Cannelle tire alors un petit miroir de la poche de son tutu. Rose contemple son reflet.

— Oh là là ! Je me regarde, et ce n'est pas moi que je vois ! Quelle impression bizarre !

— L'enchantement ne durera pas longtemps, prévient la fée. On doit toutes les deux faire vite ! Bonne chance !

Et elle court jusqu'à la petite porte, derrière le château. Rose

la voit tourner la clef dans la serrure et entrer discrètement. Elle n'a plus qu'à attendre qu'elle redescende avec la princesse !

« Pourvu que les soldats n'arrivent pas ! »

Mais le souhait de Rose n'est pas entendu. Car la patrouille armée passe à cet instant devant la petite porte ! Si elle n'éloigne pas les gardes, ses amies tomberont droit dans leurs griffes…

« À moi de jouer ! »

Et Rose surgit des fourrés en dansant le morceau du cygne blanc !

— Regardez ! La Princesse

Odette ! Elle s'est enfuie ! hurle aussitôt un garde en s'arrêtant brusquement.

Derrière lui, toutes les souris se rentrent dedans. Elles sont tellement ridicules ! Mais Rose n'a pas le temps de se moquer. Déjà, elles se relèvent et s'élancent vers elles, l'épée à la patte !

— Halte-là !

— Sûrement pas ! réplique la fillette.

Et elle part comme une flèche dans la forêt. Les soldats la pourchassent en criant... Ils ne remarquent même pas que la Fée Cannelle et la vraie Princesse

Odette sortent justement du château. Elles filent jusqu'à la forêt, mais du côté opposé. En voyant ça, Rose change de direction pour les rejoindre… Quand les gardes réussissent soudain à la piéger au détour d'un bosquet !

—Gagné ! ricanent-ils méchamment.

… mais ils n'ont pas le temps de se moquer plus d'elle : sous leurs yeux ébahis, la Princesse Odette commence de rapetisser…

« Oh non ! panique Rose. Je me retransforme déjà ! Qu'est-ce que je vais faire ? »

— La fille aux chaussons magiques ! dit le Soldat Gruyère en la reconnaissant brusquement.

Il est sur le point de la capturer… mais *hop*, une main saisit celle de Rose, derrière le bosquet !

— On s'en va !

Ouf, c'est la Fée Cannelle ! Elle agite sa baguette. Un nuage d'étincelles enveloppe Rose qui pirouette dans les airs et… *Pof!* Elles atterrissent avec la Princesse Odette dans la chambre d'ami, au palais royal.

— Tout est bien qui finit bien ! se réjouit Rose.

— Oui, mais on l'a échappé belle, dit la fée en tremblant.

— Oh, merci de m'avoir délivrée, mes amies ! s'exclame la Princesse Odette en les embrassant.

À cet instant, la Reine Isabella pénètre dans la pièce. Elle sursaute en les voyant.

— Odette ! Enfin !

— Rose et la Fée Cannelle m'ont sauvée, Tante Isabella ! Il faut que je vous raconte ça, à vous et à Oncle Tristan !

Deux minutes après, le Roi

Tristan les rejoint. Et la Princesse Odette explique comment ses amies l'ont délivrée du cruel Roi Souris.

— Vous avez été très braves, remarque la Reine Isabella. Merci mille fois, Fée Cannelle. Et merci à toi, Rose.

— J'ai quand même failli tout gâcher, au début, soupire la fillette. Maman a raison, je devrais apprendre à réfléchir avant d'agir !

La Reine sourit.

— Mais parfois, dans la vie, il faut aussi savoir prendre des risques et foncer ! Tu es très cou-

rageuse, Rose. Je suis ravie que ce soit toi qui aies les chaussons rouges. Tu reviendras souvent à Enchantia, mais n'oublie pas que tu ne dois en parler à personne !

— Et que diriez-vous de fêter l'arrivée de Rose au pays des ballets ? propose le Roi Tristan. Que le bal commence !

Quelle soirée fantastique ! Rose danse, rit, s'amuse comme une petite folle au palais royal ! Mais à minuit pile, ses vieux chaussons se mettent à briller comme des rubis...

— Je crois qu'il faut que je retourne dans mon monde..., annonce-t-elle avec regret.

— On se reverra vite, Rose, rassure-toi !

— À bientôt alors, Fée Cannelle !

La Princesse Odette lui fait signe de la main. Puis Rose pirouette sur elle-même. Vite, de plus en plus vite. Une brume multicolore tourbillonne et…

8. On se réconcilie

Pof ! Rose atterrit dans les vestiaires du cours de danse.

Elle se frotte les yeux. Elle a encore du mal à y croire. Quelle aventure magique ! Madame Zaza et Daphné n'ont pas exagéré : les vieux chaussons rouges

sont vraiment très spéciaux !

La fillette regarde la pendule, au-dessus de la porte. Elle affiche exactement la même heure qu'au moment où elle est partie à Enchantia.

« C'est bizarre de penser qu'ici, pas une seconde ne s'est écoulée, alors que je faisais tant de choses extraordinaires au royaume des ballets ! »

Rose secoue la tête. Maintenant, elle est de retour. Et elle a quelque chose à faire de moins extraordinaire... mais de très important aussi !

« Je dois rentrer téléphoner à Olivia pour m'excuser ! »

Elle se change en vitesse. Elle finit d'enfiler sa jupe, et entend tout à coup quelqu'un entrer dans l'école. Tiens, qui ça peut être ? Les leçons sont toutes terminées !

Rose tend l'oreille. Des bruits de pas approchent, dans le couloir. Et quelqu'un pousse la porte des vestiaires !

— Olivia !

— Ah, Rose, tu es encore là… J'ai oublié mon pull. Je venais juste le récupérer…

Olivia ramasse son gilet, sur le banc. Puis elle s'éloigne sans ajouter un mot, quand Rose l'interpelle :

— Attends, Olivia ! Je suis désolée, pour tout à l'heure ! Je n'aurais jamais dû me fâcher comme ça. Mais je tenais tellement à te faire visiter l'école ! Je suis trop bête. Il faut toujours que je me mette en colère…

Les mots sortent tout seuls de sa bouche. Elle parle sans réfléchir, mais cette fois, elle n'a pas tort !

— Je voulais te dire aussi que je n'ai pas fait exprès de te bousculer, pendant la classe. Je te le promets, Olivia ! Alors, on fait la paix ? Tu veux bien qu'on soit à nouveau amies ?

— Mais bien sûr !

Rose soupire de soulagement. Elle s'est inquiétée pour rien, finalement !

— Tu viens goûter à la maison ? propose Olivia. On n'aura qu'à s'arrêter chez toi en chemin pour demander la permission à ta mère.

— Ce serait super ! dit Rose sans hésiter.

Elle ne peut pas lui parler d'Enchantia. C'est dommage... Mais elle peut quand même partager quelque chose du pays magique avec elle !

— Tu sais, j'ai appris la *Danse du Cygne*, il n'y a pas très longtemps. Elle vient du *Lac des Cygnes*. Si tu veux, je peux te montrer les pas !

— J'adorerais ça, Rose ! On y va ?

Olivia sort des vestiaires, et Rose range rapidement ses chaussons rouges dans son sac. Elle sourit. Daphné lui a offert le plus merveilleux cadeau du monde !

« Vivement mon prochain voyage au royaume des ballets ! » pense-t-elle en courant rejoindre Olivia à la porte d'entrée.

Les chaussons de Rose brillent...

Pof ! Une nouvelle aventure commence à Enchantia : L'oiseau fabuleux

La Méchante Fée a décidé de devenir la nouvelle Reine d'Enchantia ! Elle a capturé l'Oiseau de Feu pour qu'il chante dans son château. Et ceux qui veulent le libérer sont transformés en statue de pierre !

Pour savoir quand sortira le prochain tome des Ballerines Magiques, inscris-toi à la newsletter du site www.bibliotheque-rose.com

Les Ballerines Magiques

Invitation !

Je t'invite à partager tous mes voyages à Enchantia, le monde merveilleux des ballets ! Découvre aussi les aventures de Daphné et d'Alice !

1. Daphné au royaume enchanté

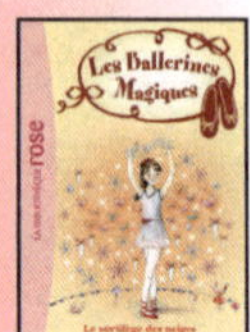
2. Le sortilège des neiges

3. Le grand bal masqué

4. Le bal de Cendrillon

5. Le palais endormi

6. Le secret d'Enchantia

7. Rose au pays des ballets

8. L'oiseau fabuleux

9. La pierre royale

10. Le sortilège des mers

11. La prisonnière du château

12. Le vœu de Rose

Hors-série : Voyages à Enchantia

13. Daphné et le voyage féerique

14. Le Noël magique de Daphné

15. Alice au château magique

16. Le sortilège des bois

17. Le cadeau ensorcelé

18. La valse des roses

19. Le palais de glace

Comme Rose, tu adores la danse ?
Alors voilà un petit cadeau pour toi…

Darcey Bussell est une célèbre danseuse étoile. Tourne vite la page, et découvre la leçon de danse exclusive qu'elle t'a préparée !

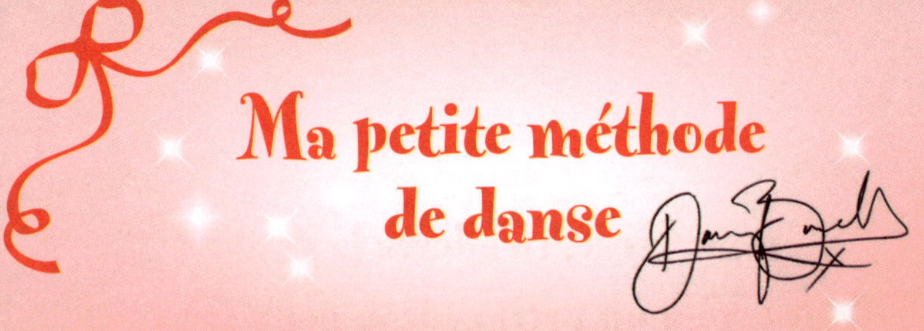

Ma petite méthode de danse

La Danse du Cygne

Les cygnes glissent avec grâce sur l'eau. Beaucoup de danseurs leur envient leur élégance naturelle ! Et si tu essayais de l'imiter ?

1.
Pieds croisés, monte sur les demi-pointes, les bras étendus sur les côtés.

2.
Avance à petits pas légers sur les pointes, en accélérant au fur et à mesure.

3.
Sans plier les bras, agite-les en souplesse, comme si tu battais des ailes.

4.
Termine le mouvement en sautant sur place, les bras levés au-dessus de la tête.

Table

hachette s'engage pour l'environnement en réduisant l'empreinte carbone de ses livres. Celle de cet exemplaire est de :
350 g éq. CO_2
Rendez-vous sur www.hachette-durable.fr

Imprimé en Espagne par CAYFOSA
Dépôt légal : février 2010
Achevé d'imprimer : janvier 2018
20.24.1874.5 /10 – ISBN 978-2-01-201874-7
Loi n°49-956 du 16 juillet 1949
sur les publications destinées à la jeunesse